いそっぷ詩《うた》

谷川俊太郎詩集

絵・広瀬弦

JN181834

小学館

イソップさん

イソップさん
おなかはぶたで　あしならあひる
くちはかえるで　はなはライオン
あたまさんかく　いろはまっくろ
しゃべれば　もぐもぐくちごもり
せかいでいちばん　もてないおとこ

イソップさん

だけどおはなしつくるの　うまかった
むしやことりや　けものにたとえて
じょうずにいきるすべを　おしえた
いまもむかしも　ひとはよくばり
ギリシャもにほんも　ひとはおんなじ

イソップさん
ひとのよわさを　しりすぎて
ひとのむごさを　いいすぎて
えらいひとたち　おこらせて
とうとうさいごに　ころされたけど
つくったおはなし　いまもいきてる

いそっぷ詩——目次

いそっぷ詩《うた》

わしと　からす

きりたった　がけのうえから
やのように　まいおりた　いちわのわし
こひつじを　ひっつかみ
そらのかなたへ　とびさった

あれくらい　おれにもできる
ばたばたと　とんできた　いちわのからす
おひつじを　ひっつかんだが

つめが　けにからみつき　ひつじかいに　つかまった
「このとりは　なんてとり？」
こどもたちが　ひつじかいに　たずねると
「どこからみても　からすだが
じぶんじゃ　わしのつもりなのさ」

はねをきられて　とべないからす
いまでもじぶんは　わしのつもり
じめんを　よたよたはしりまわって
そらをみあげて　かあとなく

ねこと　にわとり

おそろしいびょうきが　はやって
はねはぬけ　めはつぶれ
つぎつぎにしんでゆく　にわとりたち

「いしゃをよぶんだ」と　わかいいちわ
「とんでもない」と　おいたいちわ
「ひとくちで　くわれてしまう」

なぜって　おいしゃは　ねこだから
りっぱなひげの　とらねこだから
だけど　くるしむなかまを　ほってはおけない

かばんをてにして　あらわれたねこは
ねるのもわすれて　てあついかんびょう
おどろきよろこぶ　にわとりたち

さて　すっかりげんきに　ふとらせてから
ねこのおいしゃは　にわとりたちを
いちわのこらず　ぺろりとたべた

きつねと　ぶどう

おなかすかせた　きつねがいっぴき
たべものさがして　ほっつきまわる
ことりはたかい　そらのうえ
ねずみはふかい　あなのなか
えものおいかける　げんきもでない

どこかになにか　おちてないかと
よろよろあるいて　むらにちかづき

ふとみあげると……
ぶどうだなに　ぶどうがなってる

おなかはぺちゃんこ　くちからよだれ
ぶどうめがけて　きつねはジャンプ
いっかいにかい　さんかいよんかい
だがどうしても　とどかない

じめんにぐったり　へたりこみ
やせたきつねは　まけおしみ
「どうせぶどうは　まだうれてない
たねがあるのも　うっとうしい
ぶどうはジャムに　しなくちゃね
ぶどうはワインに　しなくちゃね」

そこへどかんと　てっぽうのおと
はらぺこなのも　すっかりわすれて
きつねはいちもくさんに　もりへとにげた

きつねと　きこり

りょうしにおわれて　にげてきた
いのちからがら　にげてきた
いきをきらして　きつねはたのんだ
かくまってくれと　きこりにたのんだ

みるときつねは　ないている
にやりとわらって　きこりはかくした
こやのなかの　ベッドのしたに

ぶるぶるふるえる　きつねをかくした

ほどなくりょうしが　やってきて
パイプくゆらす　きこりにたずねた
「にげてくきつねを　みなかったかい
ふさふさしっぽの　とんがりみみの」

「みなかったね」と　きこりはこたえた
だけどゆびは　こやをさしてる
りょうしは　きこりのこたえをきいた
けれどもゆびは　みなかった

はやしのおくへ　りょうしはたちさる
こやからでてきて　きつねはむっつり

れいもいわずに　かえろうとする
きこりはきつねに　もんくをいった

「おれがおまえの　いのちをたすけた
ありがたいとは　おもわないのか」
ふさふさしっぽを　くねらせながら
きつねはきこりに　こたえていった

「あんたのくちと　あんたのゆびは
せいはんたいの　ことをしていた
いったいどっちが　ほんとうなんだ
にんげんどもは　しんようできない」

はらぺこぎつね

はらぺこぎつね　おいぼれぎつね
あしはよろよろ　しっぽはよれよれ
やーいやい

きのうろに　ひつじかいのわすれていった
おいしそうなべんとう　みつけた
わーいわい

むちゅうでたべて　たらふくたべて
おなかがふくれ　うろからでられぬ
おーんおん

とおりかかったなかまのきつねが　いったとさ
「もういちどはらがへるまで　まつがいい」
けーんけん

かえると　おうさま

ぬまにすんでる　かえるたち
あさからばんまで　けろけろけんか
だれがおうさまになるかで　けんか

うるさくってねむれぬ　かみさま
きぎれをいっぽん　ぬまにおとした
さあこれが　かえるのおうさま

かえるたちは　おそれおののき

ぬまのそこに　もぐりこんだが
きぎれは　ぽっかりうかんでるだけ

やがてすっかり　きぎれになれて
かえるたちは　きぎれにのって
あいもかわらず　けろけろけんか

うんざりかみさま　こんどはへびを
にょろりぽしゃんと　ぬまにおとした
へびににらまれ　みうごきできず

かえるたちは　つぎからつぎへ
へびのおなかのなかへ　ひっこしだ
しずかにしずかに　ひっこしだ

きたかぜと　たいよう

きたかぜとたいようは　あらそっていた
なんねんもなんねんも　あらそっていた
どちらがつよいか　あらそっていた

きたかぜは　かなきりごえをあげながら
むらむらを　のはらを　もりをかけまわり
たいようは　むっつりとだまったまま
やまやまに　まちに　さばくにてりつけた

きたかぜが　しらかばをふきたおすと
たいようは　まつのきをからせた
きたかぜが　すいしゃごやをふきとばすと
たいようは　かれくさにひをつけた

あるひのこと　たびびとがやってきた
きたかぜは　たびびとをはだかにしようと
ちからいっぱい　ふきつけた
するとたびびとは　しっかりふくをおさえつけた

きたかぜが　いっそうはげしくふきつけると
たびびとは　えりまきをまき　てぶくろをして
これでもか　これでもかと　ぴゅうぴゅうふくと

つぎつぎふくを　かさねていった

たいようは　おちつきはらって
くもまからかおをだし　ぎらぎらとてりつけた
するとたびびとは　えりまきをとり　てぶくろをとり
いちまいいちまい　ふくをぬいで　とうとうはだか！

「わたしのかちだ」と　たいようはいった
「どうかな」と　きたかぜがいった
みるとたびびとは　しんでいた
ミイラのようにひからびて

ねこと　めがみ

ねこはそのわかものが　だいすきだった
いつもわかものの　ひざでねむった

けっこんしたいと　ねこはねがった
「どうかきれいなむすめに　かえてください」
こころをこめて　めがみにいのった

あるあさめざめると　わかものはおどろいた

となりにねている　きれいなむすめ
ひとめでわかものは　むすめにほれた

めがみはそれみて　やきもちやいた
めがみもそのわかものが　すきだったから

めがみはよなかに　わかもののへやに
ねずみをいっぴき　そっとはなした

ねずみのにおいに　めざめたむすめ
へやじゅうねずみを　おっかけまわす
わかものそれみて　こしをぬかした

あくるあさ　めざめると

となりにねている　いつものねこ
わかものはやさしく　ねこのせなかをなでた

さると　らくだ

さいがのそのそ　やってきた
きりんがゆらゆら　やってきた
かばがどたどた　やってきた
けものたちの　まつりのひ

おひさまかんかん　てりつける
ほこりがもうもう　たちこめる
のめやうたえの　おおさわぎ

けものたちの　まつりのひ

さるがふらふら　たちあがり
こしをくねらせ　しっぽをふって
まっかなおしりで　おどりだす
みんな　はくしゅだいかっさいさ

みていたらくだが　まけじとばかり
はないきあらく　あしふみならし
はをむきだして　おどるはいいが
あしがからんで　どてんところぶ

わらって　おこって　わめいて　ほえて
ぞうはらくだを　どすどすふんだ

ねずみはらくだを　ちょんちょんけった
とらはらくだを　がぶりとかんだ
けものたちの　まつりのひ

こやぎと　おおかみ

いっとうのこやぎ　むれからおくれた
おくれたこやぎ　おおかみにつかまる

あわれなこやぎ　おおかみにたのんだ
ふえをふいて　くださいな
おどればしぬのも　こわくない
そこでおおかみ　ふえをふく

ぴいひゃらぴいひゃら　ぴいひゃらら

そのおときいて　なかまのおおかみ
あつまってきて　おどりだす
むちゅうになって　おどりだす

こやぎのことは　すっかりわすれて
まつりだまつりだ　どんちゃんさわぎ

こやぎはすきみて　こっそりぬけだし
おうちにむかって　いちもくさん

きと　かみさま

みちばたの　きをきりたおし
かみさまの　おすがたをほりこんで
かついで　いちばへうりにいった
「やすくしとくよ　びょうきがなおる」

きりたおさなければ　はながさいたのに
きりたおさなければ　みがなったのに
なつのこかげで　たびびとが

すずむことだって　できたのに

いっぽんのきと　かみさまのおすがたと
どっちがだいじ？
かみさまのおすがたに　だれもふりむかない
いっぽんのきを　だれもおもいださない

ほんとうは　かぜにそよぐはっぱのなかに
かくれていらっしゃったのだ　かみさまは
ほんとうは　めにみえぬかみさまを
こずえでゆびさしていたのだ　きは

まぐろと　いるか

おう　いるか
にげる　まぐろ
すきとおる　あおいうみのなか

にげる　まぐろ
おう　いるか
まるでふたつの　ミサイルみたい

おう　いるか
にげる　まぐろ
もうだめだ　もうつかまる

はねる　まぐろ
はねる　いるか
ふたつのおおきな　みずしぶき！

あえぐ　まぐろ
あえぐ　いるか
おひさまのてりつける　すなのうえ

まぐろはいった「わたしはしぬ
だがよろこんで　しんでゆく

いるかのやつも　しぬのだから」

ところがそこへ　りょうしのおやこ
まぐろをみつけて　おやじがいった
「こいつはいちばで　たかくうれるぞ」

いるかをみつけて　むすこがいった
「だけどいるかは　かみさまのつかい
さけをのませて　うみへかえそう」

ひかる　なみ
かおる　かぜ
かぎりなく　ひろがるうみ

いちじくと　ことり

おなかすかせた　ことりがみつけた
いちじくのきに　あおいいちじく
まだあおい　まだしぶい

しんぼうづよく　ことりはまってる
いちじくのきの　かたいいちじく
まだかたい　まだまずい

ねっとりうれた　あまいいちじく
だけどことりは　まだまだまってる
もっとおいしくなるのを　まってる

くさったいちじく　ぽとりとおちた
ことりもえだから　ぽとんとおちた
いちじくたべる　ゆめをみながら

いぬと　かわ

くちにくわえた　ほねつきにくを
たとえしんでも　はなすものかと
いぬははしった　くるったように

ぽっかりうかんだ　くもをうつして
かわはながれる　はしのした

にくやのしゅじんが　よそみしたまに

まんまとさらった　だいじなごちそう
いぬはにげた　かぜよりはやく

やなぎのみどり　みずにうつして
かわはながれる　はしのした

ようやくはしまで　にげのびてきて
ほっとひといき　したをのぞくと
そこにもいたんだ　いぬがいっぴき

にくをくわえた　いぬをうつして
かわはながれる　はしのした

だいじなにくを　よこどりしたのは

いったいぜんたい　どこのどいつだ
いぬはおこって　かわにとびこむ
おおきなしぶきも　やがておさまり
かわはふたたび　しずかなかがみ

いぬと　うさぎ

いぬがうさぎを　つかまえた
しろいけがわに　ピンクのめ
まあるいおしりに　わたげのしっぽ

いぬはうさぎに　ひとめぼれ
ところきらわず　なめまくり
みみにかみつき　せなかひっかく

あきれたうさぎが　いぬにたずねる
「あなたはてきなの　みかたなの
わたしをたべるの　あいするの？」
「たべちゃいたいんだ　あいしてるから」
うるんだひとみで　うっとりみつめ
いぬはぺろりと　うさぎをたべた

おおかみと　ばあさん

としよりおおかみ　ほねとかわ
きばはぬけおち　めはかすみ
よろよろさとへ　おりてきた

きこえてきたのは　こどものなきごえ
はらがへったか　うんちがでたか
てあしばたばた　なきわめく

「にくらしいったら　ありゃしない
こわいおおかみに　くわせちまうよ」
まけずにどなる　ばあさんのこえ

やれありがたい　たすかった
としよりおおかみ　よだれをたらし
いまかいまかと　まちうける

ゆきのちへいに　ゆうひがしずむ
としよりおおかみ　しびれをきらし
そうっととぐちに　しのびよると……

「おおかみなんかが　やってきたら
このばあちゃんが　ぶっころしてやる」

ひざでこどもが　にこにこわらう
ひとのことばは　しんようできない
あわれなおおかみ　ためいきついて
とぼとぼやまへ　かえっていった

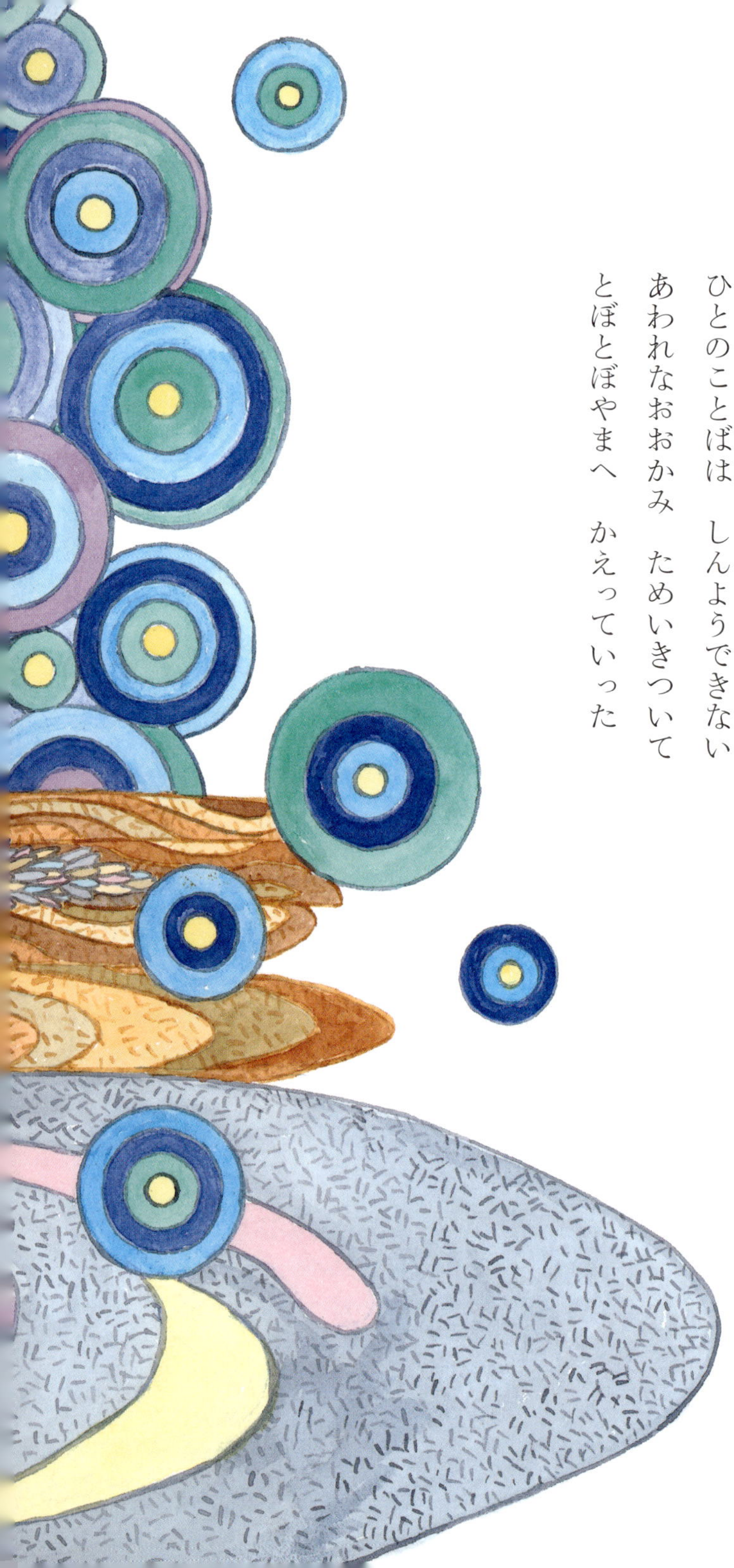

あり

むかしありは　にんげんだった
まいにちまいにち　あさからばんまで
でんしゃにのって　じどうしゃにのって
ちょこまかちょこまか　はしりまわって
おかねかせぎに　いそがしかった

それをみてかみさまは　あわれにおもい
にんげんをありに　かえてやった

ありになっても　いそがしいのはかわらない
まいにちまいにち　あさからばんまで
ちょろちょろ　ちょろちょろ
たべものさがして　はしりまわった
おまけに　ありくいにみつかれば　たべられた

それをみて　あわれにおもい
かみさまはもういちど　にんげんにかえてやった

そしたらあるひ　おおきなじしん
にんげんのありたちは
でんしゃごと　じどうしゃごと　つぶされた
ありだったら　つぶされずにすんだのに

はえ

シチューは　とてもいいにおい
あるなつのひの　だいどころ
まどからはえが　とんできて
シチューのなかに　とびこんだ
じゃがいも　たまねぎ　にくにまめ

スープもたっぷり　あじわって
でようとしたが　でられない
はねがすっかり　べとべとだ
「まあいいさ　たべてのんで　ふろにもはいった
こころのこりは　なにもない」
シチューにおぼれて　はえはしんだ
あるなつのひの　ひるさがり

ろばのたいこ

たいこたたいて　やってくる
ぼろをまとった　やどなし五にん
とててん　とてんと
とんてて　ととん

みればろばさえ　つれてない
わずかなにもつを　せなかにしょって
とててん　とてんと

とんてて　ととん

あわれなろばは　つかれてしんで
かわをはがれて　たいこになった
とててん　とてんと
とんてて　ととん

いきてりゃ　いまごろ　もっとぶたれた
しんではいるが　ろばはしあわせ
とててん　とてんと
とんてて　ととん

うさぎと　かめ

ようい　どん！

うさぎはぴょんぴょん　はねていく
みみをかぜに　なびかせて
あとあししっかり　じめんをけって

かめはのそのそ　あるいていく
おひさまぽかぽか　あたたかい

いいてんきだな　たのしいな

うさぎはぴょんぴょん　はねていく
じぶんのはやさが　うれしくて
ゴールめざして　いっちょくせんだ

かめはのそのそ　あるいていく
かぜもそよそよ　ふいてくる
いいきもちだな　ねむたいな

うさぎはぴょんぴょん　はねていく
ゴールはとっくに　すぎたのに
まだとまらずに　はねていく

かめはぐうぐう　ひるねをしてる
ちょうちょがかめの　せなかにとまる
うさぎはどこまで　いったのか
いいてんきだな　たのしいな

かめと　わし

かめははってる
のそりのそりと　じめんのうえを
わしはとんでる
ゆうゆうと　そらたかく

かめがさけぶ　わしにむかって
「わたしにとびかたを　おしえてくれ」

わしはこたえる　くものうえから
「つばさもないのに　とべるものか」

かめはそれでも　あきらめない
「しぬまでに　いちどでいいから
あのやまのむこうを　みてみたいんだ
おまへのつばさを　わけておくれ」

しかたなくわしは　かめをわしづかみして
やまのうえはるか　はばたいていく
やまのむこうは　どこまでもひろがるさばく

「さあこれで　まんぞくしたかな?」
そういって　わしはつかんだかめをはなした

かめはあしを　ばたばたさせたが
あしは　つばさのかわりにはならなかった

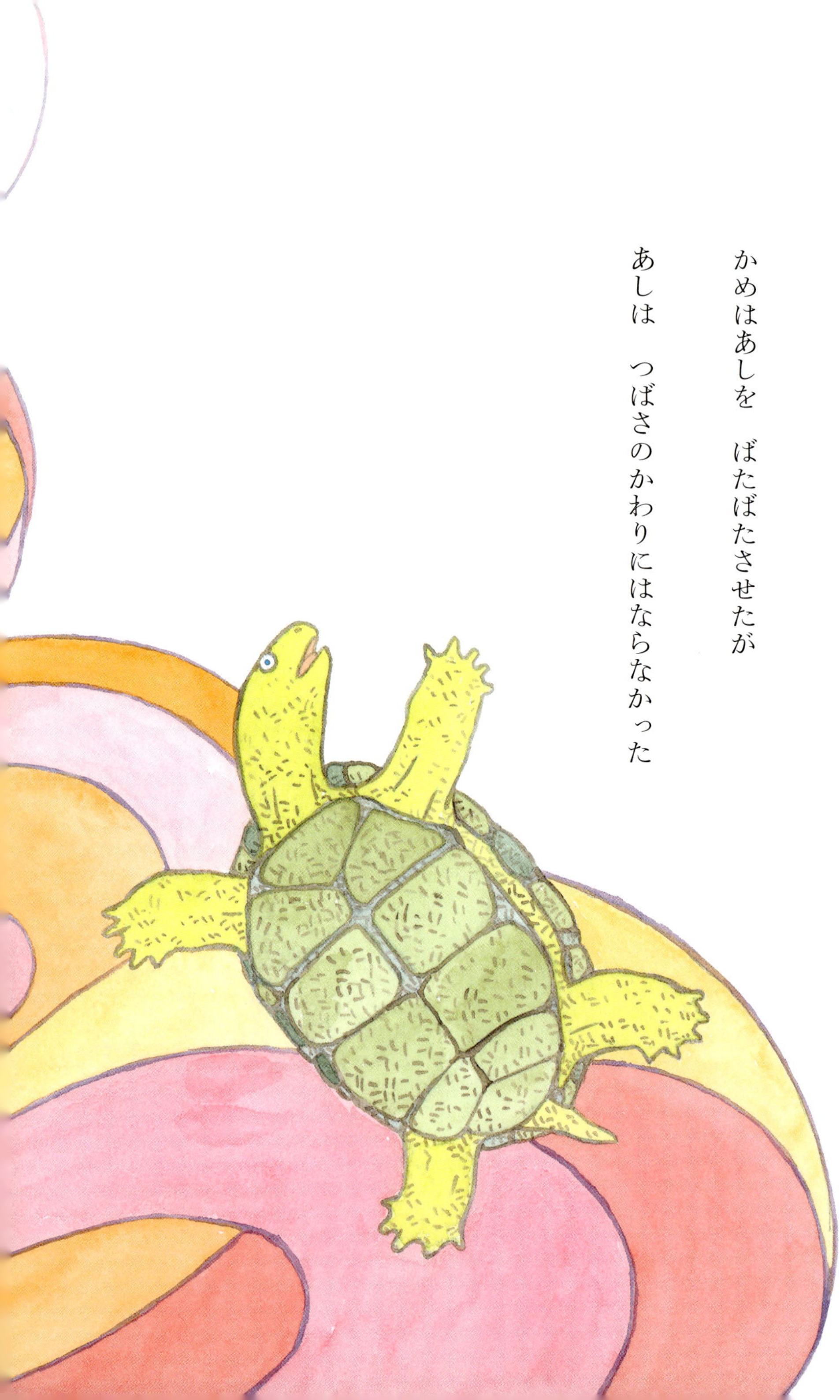

ひばり

「きんのゆびわは　ぬすまなかった
ぎんのおさらも　ぬすまなかった
どろぼうならば　ばつもうけよう
だけどわたしは　ついばんだだけ
はたけにおちた　むぎのひとつぶ」

あみにかかった　ひばりがうたう
ひばり　ひばり　あわれなひばり

「ちいさなからだの　むねいっぱいに
おおぞらたかく　わたしはうたった
どろぼうならば　ばつもうけよう
だけどわたしは　あいしてるだけ
すでまつかわいい　三ばのひなを」

あみにかかった　ひばりはしんだ
ひばり　ひばり　あわれなひばり

かと　ライオン

ライオンのみみもとで
かが　ぷうんぷうんと　ささやきかける
「おまえなんか　こわくない
するどいつめも　とがったはだって
おれをやっつけることは　できないよ」
そうしてちくりと　はなをさす

ライオンは　いかりくるって

かを　つかまえようとするけれど
じぶんでじぶんを　かきむしるだけ
じぶんでじぶんに　かみつくだけ

「おれのかちだ」
ぷうんぷうんと　いいきになって
ゆうひにむかって　とんでいき
かは　くものすにひっかかる
ねばねばの　くものいとにからまれて
もうとべない　もうさせない　もういばれない

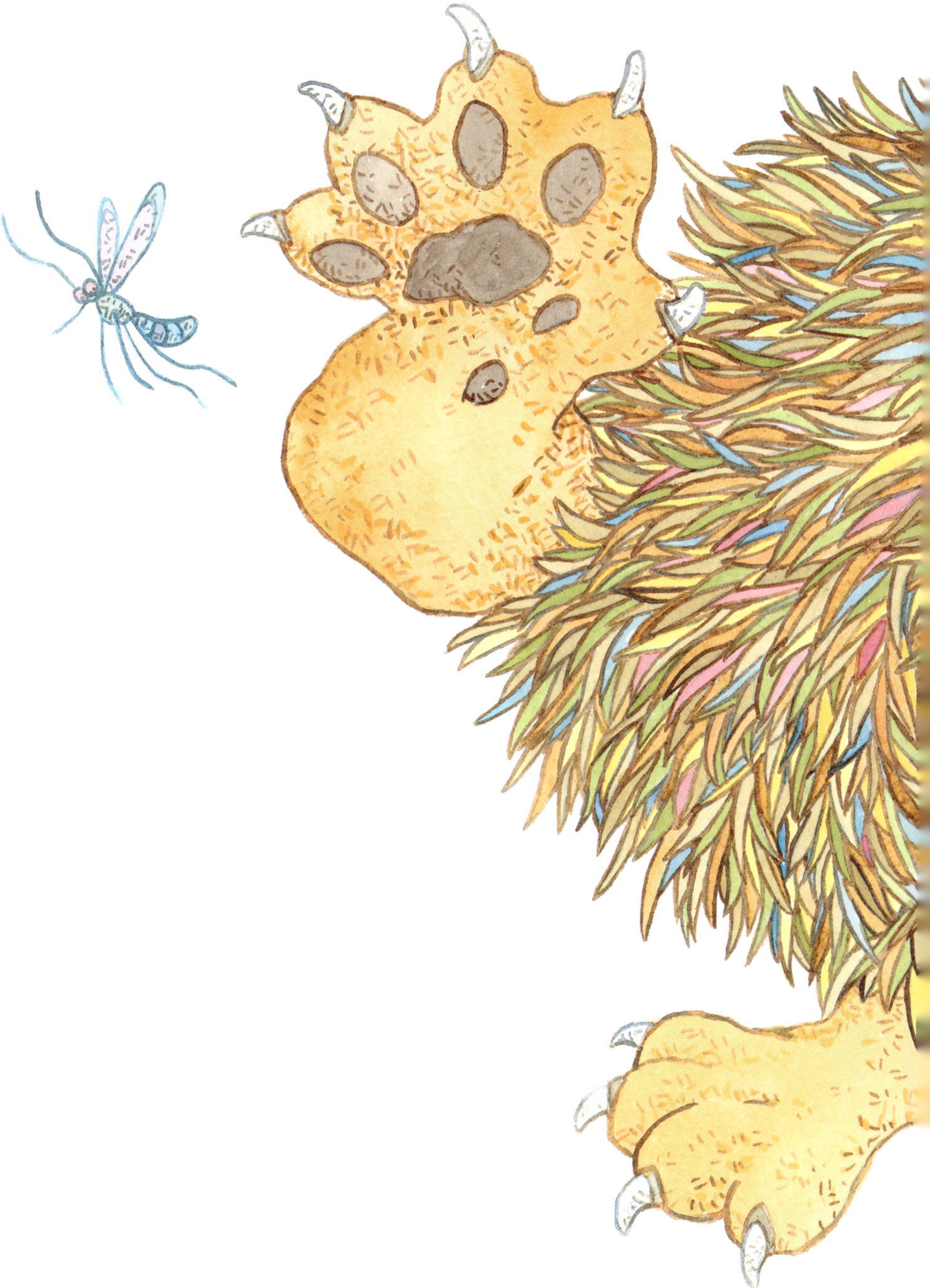

きつねと　りゅう

ひるねしているりゅうにであって　きつねはたずねた
「あんたのしっぽは　どこにあるんだ？」
ねむたそうに　りゅうはこたえた
「どこからしろのほうに　あるんじゃないかね」

りゅうのながい　からだのうえを
いけどもいけども　しっぽはみえない
みっかみばん　あるいたすえに

やっときつねは　しっぽをみつけた

くやしくて　きつねはぽろぽろなみだをながした

「どうしておれは　みじかくて

どうしてりゅうは　ながいんだ

おれもりゅうのように　ながくなりたい」

しっぽを　きのみきにまきつけて

きつねはあしで　じめんをひっかき

からだをじりじり　のばしていったが――

ぱちん！　まっぷたつにちぎれてしまった

くじゃくと　つる

きんいろと　むらさきと　みどりのはねを
おうぎのように　まるくひろげて
くじゃくは　きどってつるにいう
「おや　きょうもおそうしき？
おわかいのに　まいにちしろとくろのおきものでは
こいびとだって　できませんことよ」

「でもわたくしは　そらをとべます
あなたは　じめんをよちよちあるくだけ
かわいそうなのは　あなたのほう」
そういうと　つるはおおきくはばたいて
おおぞらたかく　まいあがる
かりうどがねらっているのも　しらないで

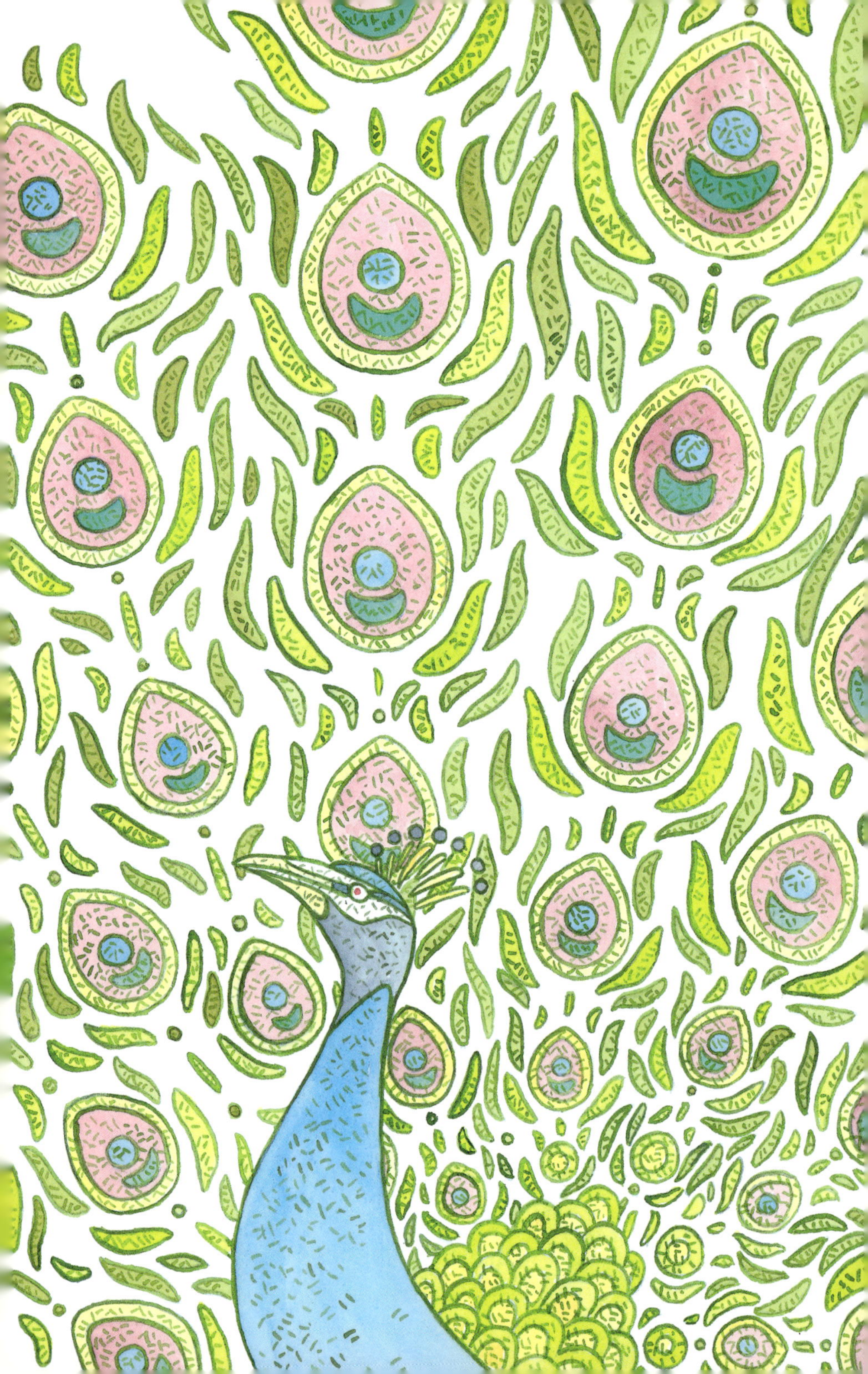

おとこと　き

いっぽんのきが　たっていた
あるおとこの　うちのにわに

はなもさかなきゃ　みもみのらない
えだでせみとことりが　うたうだけ

なんのやくにも　たちゃしない
おのをもちだし　おとこはきを　きりたおそうとした

せみとことりは　ないてたのんだ
このきは　わたしたちのうちなんです

きくみみもたないおとこが　きをひとうちすると
うろからみつばちが　とびだした

おとこはおおよろこびで　はちみつなめる
せみとことりは　どうでもいいが

あまいものには　めがないおとこ
このきはきらずに　だいじにしよう

もみのきと　きいちご

「まっかにみのった　あなたはすてき」
もみのきがいう　きいちごに
「すらりとのびた　あなたはきれい」
きいちごがいう　もみのきに
「わたくしなんか　のっぽなだけよ」
もみのきがいう　きいちごに

「わたくしなんか　ふまれてばかり」
きいちごがいう　もみのきに
「でもクリスマスには　ツリーになるの」
もみのきがいう　きいちごに
「わたくしだって　ジャムになります」
きいちごがいう　もみのきに
「あまいジャムは　からだにわるいわ」
もみのきがいう　きいちごに
「もうじきおので　あなたはきられる」

きいちごがいう　もみのきに
「あなたのとげは　とてもいじわる」
もみのきがいう　きいちごに
「そんなにうえから　みおろさないで」
きいちごがいう　もみのきに
「わたしはわたしよ　ほうっておいて」
もみのきがいう　きいちごに
「わたしはわたしよ　よけいなおせわ」
きいちごがいう　もみのきに

かにのおやこ

かあさんがにが　むすこにいった
「よこあるきは　やめとくれ
みっともないったら　ありゃしない」
むすこのかには　かあさんにいった
「まずかあさんから　やめてみな
ちゃんとてほんを　みせてみな」

かあさんがには　むすこにいった
「わたしに　やめられるくらいなら
おまえに　たのみはしませんよ」

へびのしっぽ

へびのしっぽが　あたまにいった
「いつだってきみは　ぼくをつれていく
ぼくのいけんを　ききもしないで
いきたいところへ　つれていく
たまには　ぼくについてこい」

へびのあたまが　しっぽにこたえた
「きみにはめもない　はなもない

どうすりゃ　いくさきが　わかるんだ
ついていったら　まいごになるだけ」

しっぽはそれでも　ごうじょうはって
「ぼくはきみの　こぶんじゃないぞ」と
にょろにょろうしろへ　あたまをひっぱる
バックミラーが　ついてないから
あたまは　どうすることもできない

とうとうふるいいどに　おっこちた
「どうしてくれる?」と　あたまがいうと
しっぽは　こごえでこうこたえた
「なかよくここで　とぐろをまこう」

ひとまねとんび

とんびはもともと　かあかあないてた
あるひいちわの　とんびがいった
かあかあなんて　みっともない
ぼくらはからすみたいに　くろくないもの
はくちょうのように　くわっくわっとなこう

しろけりゃいいって　もんじゃない
としをとった　とんびがいった

くわっくわっなんて　みっともない
たいせつなのは　こえのいきおい
わしらはひひーんと　いななこう

わたしたちには　つばさがあるわ
いちわのわかい　とんびがいった
ひひーんなんて　みっともない
ひとまねしないで　かんがえましょう
もっといいなきごえが　あるはずよ

そのときききこえてきたのは　きれいなふえのね
ぴーひょろろ　ぴーひょろろと　こだまする
とんびたちは　しーんとなった
あれはあおぞらにすむ　かみさまのふえ

かみさまからの　おくりもの
もうどんなきごえも　うらやましくない
とんびたちは　そらたかくわをかいて
きょうもいいこえで　ぴーひょろろーとないている

あとがき

岩波文庫版・中務哲郎《なかつかさてつお》訳『イソップ寓話集』をもとに、少しひねって、小さい子どもたちにも楽しんでもらえるように、原文を行分けにして詩のような形で書いてみました。例えば「うさぎとかめ」は「亀と兎」をもとにしていますが、原文は次のようなものです。

亀と兎が足の速さのことで言い争い、勝負の日時と場所を決めて別れた。さて、兎は生まれつき足が速いので、真剣に走らず、道から逸《そ》れて眠りこんだが、亀は自分の遅いのを知っているので、弛《たゆ》まず走り続け、兎が横になっている所も通り過ぎて、勝利のゴールに到達した。

素質も磨かなければ努力に負けることが多い、ということをこの話は解き明かしている。

このように話の後に教訓が付いているのがイソップ寓話の特徴ですが、私自身の体験では親しみやすい動物などが主人公の面白い話そのものに、わざわざ教訓と言わなくても自然に子供心にしみこむものがありました。「もしもしかめよ　かめさんよ　せかいのうちで　おまえほど　あゆみののろい　ものはない　どうしてそんなに　のろいのか」という知らず知らずのうちに覚えていた日本の童謡も、もとをたどれば今から二千五百年も前のギリシャに生まれたアイソポスという奴隷が作者とされる話だと伝えられているのですから、その後に続く時代に作者も定かではないさまざまな詩や話が流れこんだとしても、イソップ寓話という河が、いつの時代にも変わらない人間の愚かさ、可笑《おか》しさを生き物に託して今のこの時代にまで流れこんでいるのを感じます。

広瀬弦の絵のおかげで、この昔から伝えられてきた話が、教訓など持ち出す必要もない生き生きした絵本になったことを嬉しく思っています。

谷川俊太郎

unis.
いまも むかしも ひとは よくばり
Dm Am
ギリシャも にほんも
Dm G Dm
ひとは おんな じ
a tempo
C
Dm Em7(♭5) Dm Em7(♭5) A7 Dm
イソップさん イソップさん ひとのよわさを しりすぎて ひとのむごさを いいすぎて
unis.
えらいひとたち おこらせて とうとう さいごに ころされたけど
Dm
つくったおはなし
Dm A7 Dm
いまもいきて る
D
D
unis.
イソップさん イソップさん
Ken Saku

イソップさん

詩・谷川俊太郎　曲・谷川賢作

谷川俊太郎（たにかわ・しゅんたろう）

1931年東京生まれ。52年、処女詩集『二十億光年の孤独』を刊行。
83年『日々の地図』で読売文学賞、85年『よしなしうた』で現代詩花椿賞、92年『女に』で丸山豊記念現代詩賞、93年『世間知ラズ』で萩原朔太郎賞、2005年『シャガールと木の葉』で毎日芸術賞、08年『私』で詩歌文学賞、10年『トロムソコラージュ』で鮎川信夫賞、16年『詩に就いて』で三好達治賞を受賞。他に、『旅』『ことばあそびうた』『定義』『夜中に台所でぼくはきみに話しかけたかった』『夜のミッキー・マウス』『あたしとあなた』など多くの詩集がある。絵本や童話、翻訳も多数。

広瀬 弦（ひろせ・げん）

1968年東京生まれ。絵本・さし絵などで個性豊かな作品を発表している。
91年「かばのなんでもや」シリーズ（作・佐野洋子）で産経児童出版文化賞推薦、2000年『空へつづく神話』（作・富安陽子）で産経児童出版文化賞受賞。他に、『かってなくま』（作・佐野洋子）『サメのサメザメ』（作・山下明生）『西遊記』シリーズ（作・斉藤洋）など。谷川俊太郎との共作に『考えるミスター・ヒポポタムス』『まり』などがある。

装丁——平野甲賀

いそっぷ詩《うた》

二〇一六年十一月十四日　初版第一刷発行

詩――谷川俊太郎
絵――広瀬 弦

発行者――菅原朝也
発行所――株式会社小学館
東京都千代田区一ツ橋二-三-一　〒101-8001
電話番号　編集　〇三(三二三〇)五一三八
販売　〇三(五二八一)三五五五

印刷所――凸版印刷株式会社
製本所――牧製本印刷株式会社

©2016 Shuntarou Tanikawa & Gen Hirose
Printed in Japan
ISBN978-4-09-388512-6

造本には十分注意しておりますが、印刷・製本など製造上の不備がございましたら「制作局コールセンター」（フリーダイヤル〇一二〇-三三六-三四〇）にご連絡ください。（電話受付は土・日・祝休日を除く9：30～17：30）
本書の無断での複写（コピー）、上演、放送などの二次利用、翻案等は、著作権法上の例外を除き禁じられています。
本書の電子データ化などの無断複製は著作権法上の例外を除き禁じられています。代行業者などの第三者による本書の電子的複製も認められておりません。